Peter Ilyich

TSCHAIKOWSKY

50 RUSSIAN FOLK SONGS

FOR PIANO - FOUR HANDS

K 04076

1

ИСХОДИЛА МЛАДЕНЬКА

2

ГОЛОВА ЛЬ ТЫ МОЯ, ГОЛОВУШКА

3

ВСПОМНИ, ВСПОМНИ, МОЯ ЛЮБЕЗНАЯ

4

ВЬЮН НА ВОДЕ ИЗВИВАЕТСЯ

5

НЕ РАЗЛИВАЙСЯ, МОЙ ТИХОЙ ДУНАЙ

Не очень тихо

6

ПРЯДИ, МОЯ ПРЯХА

Умеренно

7

НЕ ТЕСАН ТЕРЕМ

Решительно

8

У ВОРОТ СОСНА РАСКАЧАЛАСЯ

9

ПОБЛЕКНУТ ВСЕ ЦВЕТИКИ

Умеренно

10

ПЛЫВЕТ, ВОСПЛЫВАЕТ

Умеренно, скоро

11

ЗЕЛЕНОЕ МОЁ, ТЫ ВИНОГРАДЬЕ

12

НЕ БУШУЙТЕ, ВЕТРЫ БУЙНЫЕ

13

КАК НА ЗОРЬКЕ, НА ЗАРЕ

14

НЕ ХМЕЛЬ МОЮ ГОЛОВУШКУ КЛОНИТ

Умеренно

15

ВЗОЙДИ, ВЗОЙДИ СОЛНЦЕ

Умеренно

16

НЕ ПОЙ, НЕ ПОЙ ТЫ, СОЛОВУШКО

Умеренно, связно

17

ГУЛЯЛ АНДРЕЙ ГОСПОДИН

Скоро, решительно

ff
ff

18

АХ, УТУШКА ЛУГОВАЯ

Не очень скоро

19

Я ВЕЧОР МЛАДА ВО ПИРУ БЫЛА

Умеренно

20

ПОДОЙДУ, ПОДСТУПЛЮ ПОД ВАШ ГОРОД

Не скоро

21

НЕ ШУМ ШУМИТ

Очень умеренно

22

КАК СО ГОРКИ СО ГОРЫ

Тихо

23

НА МОРЕ УТУШКА КУПАЛАСЯ

24

КОСА ЛЬ МОЯ, КОСЫНЬКА

25

ЗА ДВОРОМ ЛУЖОК ЗЕЛЕНЁШЕНЕК

Скоро

26

А МЫ ЗЕМЛЮ НАНЯЛИ

27

КАК ПО МОРЮ, КАК ПО СИНЕМУ

Умеренно

28

А КАК ПО ЛУГУ ЗЕЛЕНОМУ

Не скоро

29

ВИННЫЙ НАШЬ КОЛОДЕЗЬ

30

ПОДОЙДУ, ПОДОЙДУ ВО ЦАРЬ-ГОРОД

31

НЕ СПАСИБО ТЕ, ИГУМНУ ТЕБЕ

Умеренно

32

НА ИВАНУШКЕ ЧАПАН

33

ВО ЛУЗЯХ

34

КАТЕНЬКА ВЕСЕЛАЯ

Умеренно

35

ЭКО СЕРДЦЕ, ЭКО БЕДНОЕ МОЕ

Медленно

36

ОЙ, УТУШКА МОЯ ЛУГОВАЯ

37

МОЛОДКА МОЛОДЕНЬКАЯ

Довольно скоро

38

ЗАИГРАЙ, МОЯ ВОЛЫНКА

Скоро

39

УЖ ТЫ ПОЛЕ, МОЕ ПОЛЕ

Не очень медленно

40

СТОЙ, МОЙ МИЛЫЙ ХОРОВОД

Медленно

41

УЖ ТЫ, СИЗЕНЬКИЙ ПЕТУХ

Скоро

42

ПОД ЯБЛОНЬЮ ЗЕЛЕНОЮ

Скоро

43

УЖ ТЫ ПОЛЕ МОЕ, ПОЛЕ ЧИСТОЕ

Медленно

44

КАК ВО ГОРОДЕ ЦАРЕВНА

Умеренно

45

КАЛИНУШКА С МАЛИНУШКОЙ

Медленно

46

КАК ПО ЛУГУ, ПО ЛУЖОЧКУ

Не очень скоро

47

СИДЕЛ ВАНЯ

48

У ВОРОТ, ВОРОТ

Не слишком скоро

49

ЭЙ, УХНЕМ

Умеренно

ff
8

50

НЕ БЫЛО ВЕТРУ

Медленно

Kalmus